순수의 시대

순수의 시대

전윤호
시집

달아실
시선
05

시인의 말 1

나도 안다, 순수의 시대는 오지 않는다.
그래서 쓴다. 그게 내가 할 일이다.
새로운 세상을 바라는 사람들은 일찍 죽고
혁명을 이끌 장수는 아직 태어나지 않았다.
기다림이 지루한 시간 나는 쓴다.
그 시간만 살아 있다.
아직 세상이 그대로라면
어쩌다 마주쳐도 모르는 체 해 주시길.

2017년 9월
전윤호

시인의 말 2

아버님의 묘비명을 썼다.
가까운 한 사람의 칠십 평생을
몇 줄의 글로 옮기는 작업은 어려웠다.
비문을 보면서 고인을 상상할 후손들을 생각하면
마음먹은 대로 손이 나가지 않았다.
문득, 시를 쓴다는 것 또한 그런 게 아닐까 생각했다.
모든 것들의 일생을 정리한 묘비명을 쓰는 일.
첫 시집을 낼 때보다 더욱 조심스럽다.

아버님께 이 시집을 바친다.

2001년 6월 일산에서
전윤호

차례

2부 프랑스 혁명사를 읽다가

3부 순수의 시대

1부

도원 가는 길

도원읍

관 속에 누웠다 깬 밤이면
돌아가고 싶다
뒤통수나 잘 치는
강 하류배들과 싸우다 지친 귓전에
젖은 디젤기관차 소리
밤 두 시 별어곡 역에 내려
민둥산을 올라가리라
키보다 높은 억새들이 별빛도 가린 밤
내가 아직 나라면
무릉 약수에서 한 번만 쉬고
입구를 찾을 것이다
돈 먹은 심판과
피에 주린 관중이 없는 곳
초등학교 단짝이
첫사랑과 사는 곳
그곳에서 매 맞던 세월을 잊고
아라리 한 소절로 남고 싶다

도원 가는 길

정선이나 강릉을 가다가
길을 잃고
안개 낀 재 하나 잘못 넘으면
도원읍에 닿습니다
휴대폰도 터지지 않고
라디오도 잡히지 않는 곳
석회암이 앙상한 두 개의 산 사이
수달이 어름치를 잡아먹는 강이 흐르고
읍내엔 일백 오십 호 주민들이 삽니다
아이가 어른 같고
어른이 아이 같은 그곳에선
시간이 황종류석처럼 더디게 자라고
조폐공사에서 찍은 돈은 쓰이지 않습니다
주막에 가고 싶으면
산나물을 뜯어 오십시오
곤두레 딱주기 누리대를 구별할 줄 한다면
그곳에 살아도 됩니다
물레방아간에서

임호장네 맏며느리와 함께
당신은 행복할 것입니다
하지만 가난이 불편한 사람은
오래 머물지 말고
쓴 약수나 한 모금 마시고 나오십시오
재 하나만 넘으면
또 다른 마을들이 기다리고 있으니까요

도원 역

그곳엔 탄광이 있었다
등짐에 익숙한 사람들 가난을 버리려 몰려들고
석탄을 가득 실은 열차가 분주하게 나갔다
갱도가 무너져 많은 사람들이 묻히던 날
난 대학을 가려고 탄 더미와 함께 그곳을 떠났다
여자들의 울음소리가
터널 속을 울렸던 걸 기억한다
도원 역엔 새마을 열차가 서지 않는다
특실이 달린 무궁화열차도
갈아타야 탈 수 있다
탄광이 없어지면서
이젠 도원 역을 기억하는 사람은 없다
홍수가 나면 굴이 막히고
기차가 오래 들어가지 않던 곳
남에게 신세 지지 않는 사람들이
지들끼리 살아가는 곳

그곳을 가려고 청량리역에서 길을 물으면

제대로 아는 이가 없다

도원 사람들

철쭉 한 짐씩 지고 오세요
오늘은 봄 장이 서는 날
검은 산 물밑에서 울던 겨울은
아주 짐 싸서 떠났답니다
마당이 훤한 집들은 삽살 강아지 한 마리
빈방이 허전한 분들은 신랑 각시 한 쌍을 데려가세요
볼일 다 챙기기엔
낮이 아직 짧군요
대충대충 마치고
황기술 한잔합시다
지게 작대기 장단에 맞춰
아라리 한 곡조 뽑으면
구름은 뺑대에 걸려 있고
바람은 강변을 굼실굼실 기어다녀요

내일의 눈썹을 적시는

봄비 한 번 실하게 오면

천지는 온통 불지른 철쭉 밭이 되겠지요

도원사桃源寺

황룡사 구층탑이
미륵사지 탑과 포개져
천 개쯤 서 있는 곳
주민 전체가 주지이고
주민 모두가 불목하니인 곳
대웅전도 없고
부처도 없지만
보이는 벼랑마다 화엄경이 적혀 있고
샘에서 묘법연화경이 솟는 곳
천 년 묵은 소나무 당간 아래
일주문에 이렇게 써 있다
이곳은 절이 아닙니다
종교인의 출입을 금합니다

검은 소

매일 밤 검은 소가 찾아온다
나와 눈높이가 같은 어깨에
흉기처럼 솟은 뿔
우리는 어두운 골목의 양쪽 끝에서
마주보며 서 있다
뒷발로 땅을 긁으며
콧김을 뿜어내는 검은 소
서둘러 부딪쳐 하나가 사라져야 할
우린 서로에게 악몽이다
오라 검은 소
나는 널 이길 수 없다
밤은 깊어가고
내 의식은 커서처럼 깜박이는데
붉은 땀을 비오듯 흘리는 검은 소는
빈틈을 노리고 있다

하류에서

내 고향은 도원읍 무릉리
바퀴로 갈 수 없는 골짜기에
탄광의 갱도보다 깊은 동굴이 입구였지
아주 어렸을 때
뗏목에 실려
이곳으로 떠내려 왔어
도대체 무슨 일이 있었던 것일까
쓰레기 더미 속에서 살면서
항상 궁금했지
여름이면 홍수가 나고
익숙한 초가 지붕들이 떠내려 왔어
가끔 반짝거리는 황쏘가리 비늘도 건졌지
그런데 지금 그곳에서 쫓겨난 자들을 위해
댐을 짓는다네
입구가 사라지기 전에
돌아가야 할 텐데

내 고향은 도원읍 무릉리
아무나 가는 곳이 아니야

절터

이곳엔 큰 절이 있었다
바람 불면 풍경 울리고
절하는 아낙네들 등어리에 햇살 비추었으리라
고승들의 거처였던 이곳은
몇 번의 변란 끝에
폐허가 되었다
지금은 무너진 돌탑 하나 남아 있지 않은
이 수십 리 산속을
사람들은 아직도 지성으로 올라온다
3급수가 흐르는 신도시에서
식구들에게 먹일 생수가
감로수처럼 나는 샘이 있는 것이다
대웅전은 사라졌어도
물통을 내려놓고
몇 줄기 하늘로 솟은 검은 참나무에게
합장하는 노인들도 있다
원래 이곳엔 큰 절이 있었다

내 사랑

당신을 처음 봤을 때
봉긋한 가슴을 눈여겨봐 두었지
날 사랑하는 만큼
당신을 파먹어야 하니까
난 당신에게
생살이 찢기는 아픔밖에 줄 게 없어
지금은 사방이 막힌 빙하기
당신의 늑골 속에 숨어 단잠을 자다가
심심하면 손톱으로 그림을 그리지
참나무 숲과 얼지 않은 강
멈출 줄 모르고 뛰어 다니는 아이들
내 사랑
당신은 나의 무덤이야

만항재*

만항재를 올라갔지
한나절 내내 장대비에 시달리다
등짝을 후려치는 안개 속
내게 손짓하는 이무기를 따라온 거야
정암사 적멸보궁 지나
해발 1000미터를 견디지 못해 귀가 먹먹해지더니
빈 사택들이 대롱대롱 매달려 있는 비탈을 도는 동안
다섯 살 때 저 재를 넘어간 어머니를 보았어
이쪽에서 편안히 살아온 내게 금지된 곳
사방에서 검은 눈물 흘리는 폐광처럼 지켜보는 곳
하나 둘 내 곁을 떠나간 사람들이
둥근이질풀 동자꽃 물양지꽃 흘리고 간 곳
돌아보면 천둥이 쏟아지고
영월에서 정선에서 태백에서
사나운 안개가 짖어대며 달려드는 곳
난 방향을 잡지 못하고
그곳에 갇혀 버렸어
솔밭에서 잔등이 덥도록 토하고 나면

사방에 빗장 지르는 밤이 내리고
거대한 무덤 속에 혼자 버려진 것 같은
만항재에서 말야

* 정선, 영월, 태백의 경계에 있는 높은 재

뗏목

폭설이 내린 밤
한강 하류에서
주린 꿩처럼 쓰러져 잠들 때
난 듣는다
쾅쾅 도끼질하는 소리
산비둘기 푸드득 날아오르고
떡갈나무 상수리나무 느릅나무
우수수 쓰러지는 소리
칡뿌리로 떼를 엮으며
아라리 부르는 소리
아우라지에서 가수리를 지나 단양으로
노 젓는 소리
여울에 바닥 긁히는 소리
쏘가리 어름치 파닥이는 소리
꼬인 물살에 빙빙 도느라
푹 젖은 잠뱅이에
머리에 누런 수건 두른 저 사내
송파 나루 지나고

성수대교 지나
행주산성으로 떠내려가는
이무기의 긴 행렬

내 마음의 종류굴

너를 만난 뒤
가슴에 구멍이 생겼다
헤어질 적마다
뚝뚝 물방울 떨어지더니
종유석이 자라기 시작했다
네가 아주 떠나간 지금
끝이 뾰족한 거대한 석순들
천장에 주렁주렁 매달려 있다
어느 날 바람 불고
네 소식이 들려오면
내 가슴엔 지진이 일어
종유석들은 비수처럼
아래로 떨어져 박힐 것이다
오늘도 동강 바닥으로 내 슬픔 솟아오르고
늙은 뱃사공 서 있는
뗏목 하나 네게로 내려간다

때때수

도원읍으로 가는 길이
망설여지는 사람들을 위해서
암자 하나가 있다
차를 멈추고 계곡으로 한참 걸어가야 하는 곳
마른 개천을 따라가면
절벽이 나오는 곳
살면서 베어온 참나무들이 서 있는 곳
눈 감고 기다리면
마른 하늘에서 물벼락이 쏟아진다
느닷없이 쏟아져서
이름도 때때수
온몸을 지워주는 보이지 않는 강
불상 앞의 바닥이 항상 젖어 있는 곳
그곳까지 가서 용서받지 못할 허물은 없다

천국의 예감

아이가 장난감 상자를 뒤집어 버린 듯
계절이 흐트러지고
폭우가 쏟아졌다
축대가 무너지고
길이 끊겼다
고립된 채 물바다가 된 마을들
이제 천둥과 번개가 가득한 하늘 아래
빌딩들은 폐쇄되고
신전은 무너질 것이다
폐허마다 덩굴이 올라갈 것이다
은행들은 바오밥나무를 껴안은 채 사라지고
관공서엔 보아뱀이 알을 품을 것이다
즐거운 열대 우림
바지 하나 걸치고
바나나를 먹으며
나무 위에서 살리라

그때를 위하여

잠시 불편한 지금을 참을 수밖에

화엄약수

도원에 있는 약수는
크기를 알 수 없는 바위에서 솟아나는데
청동부처라도 녹아 있는지
그릇에 담으면 벌겋게 녹이 슬고 만다
효험을 얻으려면
무릎 꿇고 엎드려 입을 대고 마신다
어떤 이는 쓰다하고
어떤 이는 달다한다
그 물을 마시고
세상을 잊는다
나이를 잃어버리고
종래에는 자신도 잃어버린다
도원엔 모든 것을 놓아버린 사람들이 산다

사랑을 잃은 후

도원읍에 돌아가 봄 강변에 앉고 싶어
등짝을 후려치는 바람이 불고
얼어죽은 겨울이 부서져 떠내려갈 때
검은 벼랑 마주보고
청삽사리처럼 짖고 싶어
서운산에 구름이 걸려
선혈이 낭자한 저녁
얼굴을 가린 슬픔이 깃발을 들고 달려오면
소주를 병째 마시고
아라리 한 곡조 띄우고 싶어
그대 떠난 자리가 아무리 깊어도
바닥까지 환히 들여다보이는
도원읍에 들어가 봄 강변에 앉고 싶어

2부

프랑스 혁명사를 읽다가

프랑스 혁명사를 읽다가

- 성냥

우린 풀이 아니다. 사랑하는 사람이여. 난 바람이 불 때 울지 않을 것이다. 부러질지언정 휘어지지 않는 내 성마른 기질은 성냥을 닮았다. 내 머리는 유황덩어리. 지금은 젖어 구석에 팽겨쳐져 있지만 불을 일으키는 본성은 살아 있다. 하나씩 놓고 보면 아무 것도 아닌 일회용 소모품. 가볍게 허리를 꺾어버릴 수 있는 한 개비의 죽음. 그러나 이 거리의 곳곳에 우리는 숨어 있다. 쉽게 무시할 수 있다고 아주 사라지는 것은 아니다. 여위어 가는 사람이여 그대의 입술이 바짝 말라 내 눈에 불꽃이 일 때, 밟히면 밟힐수록 위험한 자들이 있음을 기억하라. 난 바람이 불 때 울고 있지만 않을 것이다.

프랑스 혁명사를 읽다가
- 자유로

폭우가 쏟아지는 한밤중
잠든 아들을 태우고 자유로를 달린다
차선이 보이지 않고
제동을 걸면 바퀴가 미끄러진다
저편에 아내가 혼자 기다리고 있다
마을과 다리를 모두 삼켜버리는 집중호우 속에서
이 길도 언제 막힐지 모르는 것이다
천둥이 번쩍일 때마다
새파랗게 질린 차들이 나타난다
비가 멈추길 기다리며
갓길에 서 있는 이들도 있다
그러나 누구도
시동은 끄지 않는다
여기서 멈추면 끝장이다
방금 차 한 대 거꾸로 처박혀
붉은 등이 윙윙거리는 곳을 지났다
아이가 멋대로 가지고 놀던 종이 개구리 같다
젖은 몸을 툭툭 털고 뒤집으면

다시 따라갈 것 같다

자유로는 자유로

위험을 무릅쓰고 모두 과속하는 곳

과속 감시 카메라가 지배하는 곳

프랑스 혁명사를 읽다가
- 감옥

프랑스 혁명은 바스티유 감옥을 습격하는 일부터 시작되었다. 사람들은 그 안에 억울한 옥살이를 하는 죄수들이 많이 있다고 믿었다. 그러나 치열한 전투 끝에 석방된 것은 일곱 명의 잡범뿐이었다. 그중 네 명은 사기꾼이었고 두 명은 정신병자였다. 그때 사람들은 깨달았을 것이다. 진짜 감옥은 자신들이 살던 도시였다는 걸.

프랑스 혁명사를 읽다가
- 로베스피에르

아버지는 항상 내가 걱정이었다. 게다가 밥벌이도 안 되는 문학을 전공하겠다고 하자 혀를 끌끌 찼다. "너처럼 모난 놈은 어디 시골구석에서 훈장이나 하면 딱 좋은데." 그래서 우리 부자는 타협안으로 사학과를 선택했다. 노인 생각에 적어도 역사를 배우면 이 사회에 대한 적응력이 생기리라 기대했을 것이다. 하지만 역사에서도 만나는 인간들은 죄다 모난 놈들뿐이었다. 그들이 서로 부딪쳐 깨어져 오늘에 이르는 길을 닦은 것이다. 불쌍한 로베스피에르, 그도 길을 모르고 키를 잡은 얼치기였다.

프랑스 혁명사를 읽다가
- 거울 보는 남자

내 마음에 단두대를 세운다. 혁명은 내 목을 자르는 일부터 시작해야 한다. 게으른 내 영혼에 공포정치를 시행하라. 명심할 것. 넌 바스티유 감옥에서 덤으로 풀려난 좀도둑에 불과하다.

프랑스 혁명사를 읽다가

- 토정비결

산사태가 일어나는 비탈에 집 지은 꼴이니 곧 우환이 닥치리라. 주제를 모르고 생활을 업신여겼으니 식솔들 고생이 눈에 훤하구나. 멋대로 짖어대 힘 있는 자들의 눈 밖에 났으니 패가망신 안 하면 다행이리라. 천지가 개벽하고 토금이 뒤바뀌니 세상이 뒤집힐 운세라 지금이라도 마음을 닦고 정도를 지키면 잔명을 유지하리라. 돈이 꼬이는 곳을 피하고 힘없는 자들을 등쳐 영화를 누리는 자를 경계할지니 자칫하면 그들과 함께 목이 달아나리라. 복을 바란다면 봄에는 씨 뿌리고 여름이면 노동하라. 시절이 험난하니 허물이 없어도 가을을 기약하기 어렵구나.

프랑스 혁명사를 읽다가
- 목 없는 사람들

요즘은 텔레비전 뉴스를 보지 않는다. 무섭기 때문이다. 거기 나오는 사람들은 모두 목이 없다. 목 없는 앵커가 목 없는 정치가들의 동정을 말할 때 나는 그들의 머리가 양동이에 담겨 있는 것을 본다.

프랑스 혁명사를 읽다가

- 지하 주차장에서

월요일 오전 열 시. 아파트 지하 주차장에서 울고 있는 남자를 보았다. 휴일이면 가족들끼리 돼지갈비집에서 마주치던 단란한 이웃. 그가 시동을 끈 차 안에서 핸들에 고개를 묻고 있다. 우편함에 쌓이는 붉은 편지들. 한밤에 잠을 깨우던 부부의 고함 소리. 출입구에 공개된 관리비 체납 세대 명단. 늘 바닥이 젖어 있는 아파트 지하 주차장은 어둠이 창살처럼 박혀 있다. 결박을 지은 차들이 출입할 때마다 요란한 경고음이 울리고 붉은 등이 번쩍인다. 밖은 목련이 피는 봄이다. 신문에서 활짝 웃고 있는 왕과 귀족들. 그 위로 어깨를 들썩이며 울고 있는 한 남자가 겹친다. 우리 아파트에도 뭔가 타는 냄새가 난다.

프랑스 혁명사를 읽다가
- 침몰선

이 도시에는 수많은 침몰선이 잠들어 있다. 돛대가 부러지고 바닥에는 구멍이 난 배들이 쓸쓸한 눈빛으로 내 발걸음을 올려다본다. 실업자들이 무심히 앉아 있는 이 공원은 원래 포구였다. 언제라도 떠날 준비가 되어 있는 배들이 소금과 양식을 싣고 잔잔히 흔들리고 있었다. 이곳을 메운 건 권력자들이다. 농노의 이탈을 막기 위해 영주들이 항로를 막고 지붕이 높은 성을 지었다. 난 밤마다 동네 사람들과 뗏목을 타는 꿈을 꾼다. 깃발을 든 여인이 어딘지 눈에 익다. 신대륙으로 가는 무역풍이 불고 파도가 솟구치는 밤. 거리마다 침몰선들이 솟아오른다.

프랑스 혁명사를 읽다가
- 메두사

왕, 영주, 백작, 남작, 자작, 대신, 왕비, 관리, 법률가, 주교, 승려, 재벌, 장군, 언론인, 금융인……. 그들은 당시 목이 잘렸다. 그리고 다시 부활했다. 지금도 강적들이다.

내 마음의 쿠르드족 1

막차로 퇴근하는 밤이면 지하철역에서
집으로 전화해본다
기총 소사처럼 울리는 신호음
아침에 문단속은 하고 나왔지만
그가 거기에 숨어 있다
괜찮아 나라구 어서 전화 받아
매복에 익숙한 그는 오래 참는다
혹시나 하고 회사에도 전화한다
사무실로 숨어 들어와
내 책상 밑에 쪼그리고 있는지도 모르지
공습에 양떼와 가족이 흩어진 유목민
구식 소총으로
탱크와 독가스에 맞서던 산악게릴라
그러나 우리 고향은 점령당했다
수달이 사는 강에는 댐이 서고 마을은 수몰되고
태백산맥에 카지노가 세워질 것이다
그는 길들여진 내가 불만이다
매달 월급 받아먹기도 힘든 내게

뱃살 쿡쿡 찌르는 폭탄을 숨기고
이 도시에서 테러리스트가 되라 한다
백화점과 건설부를 불지르고
국회를 점거하라 한다
전화부스를 포위한 무표정한 정착민들
응 나야 지금 낙오됐어
사나운 말 한 마리 보내 줘

내 마음의 쿠르드족 2

가축과 집을 잃은 쿠르드족들이 사방에서 모여든다. 산에 살던 사람들이 배를 타려고 빈손으로 항구를 찾는다. 이 도시의 힘없는 자들이 몰리는 대낮의 공원에서 북한산에서 한강변에서 그들은 어색한 복장으로 구겨진 신문을 들고 서성인다. 싸움은 끝났다. 적어도 그들 대에선 독립이 이루어지지 않을 것이다. 대대로 이어온 마을은 불타고 목초지엔 독가스가 살포됐다. 그들은 모두 실업자가 됐다. 지하 차도의 홈리스 족들과 함께 이제는 살아남는 것이 유일한 과제이다. 그러나 쿠르드족은 포기하지 않는다. 그들은 본래가 전사인 것이다. 나는 거리 곳곳에서 반란의 기미가 풍기는 화약 냄새를 맡는다. 지배자들은 모른다. 왜 저항이 그치질 않는지. 오늘도 그들이 새로운 거점을 찾아서 쪽배를 타고 지중해 해협을 몰래 건너다 표류하는 사진이 크게 실렸다.

봉건시대

영주 밑에 예속된 농노들은
세금과 공물을 바치고
영주가 원하면 딸과 아내도 바쳤다
가뭄이 나면 먼저 굶어죽고
전쟁이 나면 이유 없이 학살당했지만
교회는 그것이 숙명이므로
충실히 따르면 천국에 갈 수 있다 가르쳐
그들은 직업을 바꾸거나
거주지를 이탈하지 못했다
정말 답답한 것은
특권층의 학정이 천 년이 넘도록
저항 한번 변변히 못했다는 것이다
어제도 그런 아버지가
외딴집에서 농약을 마시고 죽었다

겨울까마귀 블루스

강이 시작되는 곳에서 왔지
뼈 무더기 쌓인 벼랑이 둥지야
노을이 피처럼 엉기는 저녁
은사시 숲에 물안개 퍼질 때
살다 지쳐 쓰러진 자를 찾아 날아올랐지
하류에 세워진 이 도시는 1월에도
살찐 비둘기들이 양지에서 졸고 있더군
강바닥까지 마취시키는 추위도 없이
도대체 어떻게 겨울이 죽지
매일 취해서
똑같은 노래만 따라 부르고
똑같은 춤만 빙빙 도는
당신은 나 따라 응달로 돌아갈 생각 없어
비오듯 쏟아지는 돌팔매 뚫고
검은 기차 밑 빠진 다리를 건너는 고향으로 말이야
까악까악 근시들의 눈알이나 쪼다가
너 추운 겨울이 오면

햇살이 바람을 베는 강변에서
둘이 꼭 부둥켜안고
오석으로 얼어붙자고

선전포고

이제 냉정한 널 공격하기로 한다
사랑하지 않으면서
마음에도 없는 말로
날 착각에 빠뜨리다니
너의 말 한마디에
내 백성들은 유민이 되어 떠돌고
우물에는 독사들이 우글거린다
병사들을 소환하고
징발령을 내렸다
걸을 수 있는 자들은 모두
무기를 들고
이번 원정에 참가할 것이다
우리의 목표는
이 지긋지긋한 도시를 떠나는 것
설혹 패한다 할지라도
다시 돌아오지 않을 것이다
우리의 어리석음이 만든 이 거대한 도시는

밀림에 버려져
천년 후에나 발견될 것이다
어린 아이의 심장을 즐기는 신이여 용서하시라
한 번의 시도도 없이
이대로 망할 순 없다

저물녘에 부르는 사랑노래

땅거미 질 때 집으로 돌아가며
나는 생각한다
내 사랑도 저렇게 저물고 있구나
완성되지 않은 길과
파헤쳐진 언덕이
눈앞에 가득하다
그대를 생각하면
점점 어두워지는 기억들
이젠 아무도 나를 사랑하지 않는다
목이 부러질 것 같아
무릎을 안고 길가에 앉아
눈물을 글썽거린다
허리를 밟힌 채
제 속을 무는 살무사 한 마리
눈이 먼 채
허물을 벗는다

3부
순수의 시대

순수의 시대

- 도굴범

공포영화에 고용된
엑스트라가 나야
비명 한 번 지르고 푹 쓰러지면 일당을 받지
폐허와 시체로 가득한
여긴 으시시해
피를 담은 양동이가 숨겨진 골목마다
보이는 모든 인간이 살인마라니까
절대 등을 보여선 안 돼
주연 한 번 하려면
적어도 수백 명을 죽여야 한다구
정해진 배역도 없고
대본대로 진행되지도 않아
먼저 죽으면 그냥 단역이지 뭐
그런데 말이야
뭐든지 돈 내는 제작자 맘대로 인
이 시대에도
도굴범이 노릴 만한 처녀 무덤이 숨어 있을까

고분시古墳市

- 도굴범

그들은 거대한 무덤 속에서 살지
그들이 그 무덤을 만들었고
그들이 입구를 봉쇄했어
어두운 현실 속에서 꿈 없는 잠을 자고
방부제를 가득 뿌린 음식을 먹으며
유령처럼 하얀 얼굴로
사방 벽에 천국의 그림을 그리지
그들의 신은 이미 썩어버린 왕의 관
어쩌다 벽에 금이 가고
바깥 바람이 새어들면
그 도시는 먼지로 변하고 말 거야
집들은 무너져 내리고
모래 언덕 속에서
살아 있는 것들은 화석이 되겠지
뒤져봐야 값나가는 유물도 없고
아무도 기억하지 못하는

발굴일지

- 도굴범

그들은 건설의 신에게 산 사람을 제물로 바쳤는데 중간이 끊어진 다리에서 차에 넣은 채 강으로 던지거나 고층의 신전을 부러 무너뜨려 생매장하는 의식을 빈번히 치렀다. 귀족 출신의 사제들은 이러한 의식을 집전하고 안락하고 안정된 생활을 유지했다. 시멘트와 모래의 비율을 정하거나 철근의 굵기를 따지는 건 그들의 특권이었다. 신에게 절대 복종하는 온순한 하층민들은 뼈 빠지게 일하고 희생물로 바쳐지는 데 만족했던 것 같다. 그들이 폭동이나 반란을 일으켰다는 증거는 어디에도 없다.

고분들

- 도굴범

연장이 든 가방을 들고
파업중인 거리를 산책했지
망한 임금들의 능을 지나
고인이 된 대통령들의 무덤과
고인이 될 대통령들의 무덤을 그냥 지나쳤어
다른 묘에는 꽃이 있을까 기대했지만
419구역에도 518구역에도
이제 더 이상 꽃은 없어
그런 곳엔 쓸만한 부장품이 없는 법
우리 같은 도굴범이 노릴 만한 무덤들은
맞은 편에 모여 있더군
이제는 의원이 되고 교수가 되고 이사가 되고 신문사
간부가 된 저 찬란한 지사총들
이미 묘비가 찬사로 꽉 차
더 이상 보탤 묘비명이 없는
화환에 묻힌 호화 봉분들
산성비 쓸쓸히 내리는 세기말

난 야전삽을 만지작거리며
그들을 한참 쳐다보았어
얼마 안 있으면 헐려
백화점이 들어설 재개발 지역에서 말이야

강정

- 도굴범

남의 무덤을 털려면
유가족에게 미안한 마음은 갖더라도
죽은 자에 대한 가책은 없어야 해
이 땅의 가장 오래된 거짓말은
내세에 대한 말씀들
텅 빈 골방뿐이었어
왕들은 그래도 괜찮아 살아서 못된 짓 많이 해도
챙길 걸 많이 남겼지
빈 무덤은 대대손손 산 자를 수고스럽게 만들고
끊임없이 손을 벌려
신전을 털 생각은 하지도 마
화려한 입구에 현혹되면 안 돼
금가락지 하나에도 목숨 거는 사람들 속에서
수천 년 동안 건재하는 비결은 오직 하나
그곳은 처음부터 비어 있었어

패자부활전
- 도굴범

재수 좋군
두세 번 여자에게 채이고
서너 번 억울한 사표 쓰는 정도로
내내 운이 없던 20세기를 마감한다니
돌부리처럼 고개 빳빳한
난 아직 말짱해
먼저 비석 세우고
관 뚜껑을 닫은 승자들
고대 왕조의 유물처럼 도굴 당해
빈 무덤으로 잊혀질 저들과
다른 조에 끼다니

노예 도시

- 도굴범

우리를 징발한 부역은 평생 계속된다
뿌리째 뽑힌 가로수가 즐비하게 누워 있는
모든 길은 공사장으로 통한다
고층빌딩이 모여 있는 중심가조차
마무리 덜 된 작업현장 같다
넥타이와 미니스커트를 걸치고 터벅터벅 걸어가는
노예들의 행렬
채석장에서 쐐기를 박거나
밧줄을 어깨에 걸고 바위를 끌거나
컴퓨터를 두들기거나 돈을 세거나
모두 등어리엔 채찍 자국이 패여 있다
사당동 고개에서 나는 본다
석양을 뚫고 조금씩 올라가는 거대한 피라밋을
저주받은 재물과 희생자로 꽉 찬 어두운 현실을
난 침입할 것이다
입구를 감춘 화려한 공적비를 쓰러뜨리고
도금된 관 뚜껑을 열 것이다

아무도 영생을 얻지 못하지만
내 손을 거친 장물은 끝까지 살아남아
증언할 것이다
이 야만적인 시대를

혜성彗星

- 도굴범

새해엔 혜성 지구를 방문한다지
폭설이 내리고 버스가 뒹구는 이 땅의 어디서나
누구든지 맨눈으로 볼 수 있는 혜성 오고 있다지
가진 자들이나 파업하는 자들이나 잠 못 드는 밤
하늘을 반쪽으로 가르며 불타는 혜성
오래된 하늘의 별자리들을 흩어 놓으며
우리 성냥 알 같은 머리 위로 나타난다지
벌써 머리카락 타는 냄새가 나는 것 같아
너 그거 아니
지구는 혜성이 죽은 혹성이고
우린 모반의 운명을 타고났다는 걸
혜성 등대처럼 이곳을 훑으며
불씨 몇 점 뿌리고 지나간다지

이별노래
- 도굴범

밤마다 소주를 마시며
내세를 꿈꾸지
그들은 돛단배를 땅속에 감춰두고
저승으로 출항하기 전
방부제를 마시는 거야
저기 휘청거리며 떠나는 사내
치명적인 부상을 당한 코끼리처럼
제 무덤을 찾아가는 길이야
취하면 목소리가 낮아지는 자를 조심해
그는 네게 유언을 하는 중인지도 몰라
오늘은 고비사막에서
천년 묵은 미이라가 나왔다더군
잘 봐 둬 내 얼굴을
지금은 서럽게 헤어지지만
훗날 좋은 곳에서
서로 웃으며 만나자구

유언

- 도굴범

사람들은 무덤을 만들며 살지
한 삽이라도 더 깊은 구멍을 파고
한 자라도 더 큰 관을 만들려 애쓰지
아파트처럼 무덤에서 살고
자가용처럼 무덤을 몰고 다니면서
한평생에
좋은 무덤을 꾸미는 일이 가장 중요하다고 생각하지
신도 믿지 않고 윤회도 믿지 않는 사람들이
석회로 범벅이 된 몸뚱이로
주저 없이 전 재산을 부장하면서
무덤으로 영원하길 바래
그들은 몰라
자신들의 몸이 식기도 전에
모든 무덤은 도굴되고
관 뚜껑이 열려진다는 사실을
이 세상에 도굴되지 않는 무덤은 없어
난 화장해 줘

귀향

오동나무 그늘진
옛집을 서성인다
몇 가지 썩지 않은 기억들이
장독대에 옹관처럼 서 있다
강변에 앉아 부러진 손톱에 햇볕을 모으면
서산에서 날아오르는 까마귀
짐승 발자국 하나 없는 눈 속에서
옥수수 대들이 겨울바람에 몸을 말리는
사방 길이 지워진
무덤 위에 지은 무덤

몽유병자

그는 몽유병자
아침에 잠들면
저녁에 깨어날 때까지
뭐 하고 다녔는지 몰라
온몸이 매 맞은 것처럼 욱신거리지
그래 악몽들
조금씩 기억나는 것들은 죄
돌이키고 싶지 않은 가위눌림
망설이며 난간 위로 건너간 다리와
누군가 손가락질하는 것 같아
돌아보면 아무 것도 없는 거리
신경 쓰지 마
꿈은 꿈일 뿐
하지만 깨끗이 지워버리기엔 온몸이 너무 아픈
그는 몽유병자
하루를 용케용케 외줄 타기 하는

그를 위한다면

제발 만나더라도

건드리지 말 것

토막살인사건

어느 날 귀가하니 방에 시체가 있었어요
나 몰라라하기 어려워
그냥 함께 살았지요
한솥밥을 먹고
주말 연속극을 보고
같은 이불에서 잤어요
혼자 있으면 외로울까봐
너무 늦지 않으려 노력했고
유행 따라 옷도 사줬지요
그때는 행복했어요
그런데 시간이 가면서
시체는 썩기 시작했어요
얼굴에 진물이 흐르고
입에서 검붉은 피가 나오기 시작했지요
주인이 알면 쫓겨날 판이었어요
그래서 큰 가방을 사서
시체를 넣었어요

너무 컸기 때문에

토막을 냈지요

그게 다예요

가방에 넣어 쓰레기장에 버린 거예요

그런 사람이 어디 나뿐인가요

흡혈귀

이젠 깨어 있는 밤이 지겨워
그냥 관 속에만 있고 싶어
부모의 피를 빨며 태어나
사람들에게 상처를 주면서 자라온 나
목이 긴 여자 만나 눈이 큰 아이 낳고
그들에게도 송곳니를 박았지
난 사람도 아니야
일도 안 하고
생활비도 모른 체했지
내 관심은 오직
내 한 몸 배불릴 영생을 얻는 것
햇볕이 안 드는 골방 하나와
희생자들만 있으면 됐으니까
하지만 이제 지쳤어
관 뚜껑을 열고 싶지도 않고
박쥐가 되고 싶지도 않아
사방에 흡혈귀들은

또 왜 이리도 많은지
잘 있어 난 갈래
먼지투성이 잠 속으로
햇볕이 따갑지 않은 천년이 오거든
다시 만나지 뭐

흉가

그는 저 담을 넘어 떠났어
돌아보면 소금기둥이라도 되는 것처럼
작별인사 한마디 없었지
밥그릇이 햇살에 반짝이는 오후
빈집 지키며 엎드려
그를 그리워하네
내 목줄 위로 똑같은 밤이 오고
똑같은 비가 내리고
내 몸의 노린내가 점점 역겨워지고 있어
아마 우린 다시 만나지 못할 거야
콧등에 남은 상처를 핥다가
지붕 위로 방울 소리 들리는 것 같아
서너 번 컹컹 짖어보지만
옆구리만 걷어채이네
이제 내 소일거리는
자꾸 땅을 파는 것

곧 의미도 없는
발정기가 온다네

4부

여의도

산비둘기

내 머리 속에 산비둘기가 산다
온몸이 불덩이처럼 뜨겁고
부리가 날카로운 새
숙취에 깨는 새벽이면
귓전은 구구 소리로 가득하고
새는 내 관자놀이를 쪼아댄다
내 머리는
깨져야 할 껍질
나는 종일 자리에 누워
새의 탈옥을 기다린다

밀레니엄

이 도시는 비누로 만들어졌지
향기도 좋고
색깔도 예쁜
당신의 손은 꼭 잡으면 미끄러지네
매일 세제 가루 날리는 아파트에서 일어나
바짝 마른 신문을 읽고
꼼꼼히 옷을 껴입지만
저길 봐 산성비 내리는 거리
온몸이 생채기로 가득한 사람들이
잡힌 게처럼 거품 흘리며
줄지어 걸어가고 있어
만날 때마다 조금씩 부스러지는
어차피 우린 금방 없어질 운명
미래를 믿지마
내일까지 온전한 건 없어

빙글빙글 닳고 닳다가
방울방울 날아가는 눈물 흘리며
가만히 사라지지

대항해시대

폭풍이 온다는 소식 들었어
생선 궤짝처럼 쌓여 있는 빌딩들이
비린내 풍기는 이곳에
곧 해일이 덮친대
반쯤 죽은 것들은 죄다 날려버리고
송신탑들을 쓰러뜨릴 거라더군
이 도시에 숨겨진 항구가 있다는 얘기 들어봤어
묶인 배처럼 졸던 자들이
가방을 싸서
속속 사라지고 있다는 거야
난파된 술꾼들만 남은 한밤중
뒤통수 서늘한 바람 불면
어두운 거리 저편에서
용머리 해적선이 흔들리는 모습이 보여

조는 새

광고지들이 문 앞에 꽃잎처럼 흩어진 아침
우유를 들여놓고
현관문을 잠근다
베란다 아래로 세상은
여전히 소란스럽다
어제 보다가 잠든 비디오는
사람이 없는 남극의 이야기
빙산 하나 둥둥 바다를 떠돌다
때가 되면 조용히 사라지는
아름다운 다큐멘터리
선거 사무실에서 전화가 오고
성경을 든 여인들이 초인종을 누르지만
상관없는 일
그저 소파에 웅크리고 앉아
위층에서 하수 물이
폭포처럼 떨어져 내리는 소리를 듣는다

여의도

갈 곳이 마땅치 않은 주말 오후
고수부지에서 돼지고기를 굽는다
뗏목 타고 내려와
경복궁 중건 공사에 노역하던 화전민의 후손들이
강바람 맞으며 연기를 피운다
이 도시의 응달에서 표고버섯처럼 자란 아이는
하류의 썩은 물도 신기하다
아빠 여의도엔 용이 사나
무료한 사람들은 술에 취해 눕고
앉지 못하는 아이들은 연을 날린다
바람을 타고 오르는 저 가오리연이
승천하는 이무기 같다
어슴푸레한 마포대교가 지워지고
섬이 가라앉는다
얼기설기 묶은 이 뗏목은
흐르고 흘러 어디로 가나

지독한 뱃멀미에

잔등이 덥도록 토했다

황실대중사우나

상심한 자들은 새벽 다섯 시에 목욕탕으로 모인다
비단구렁이가 허물을 벗듯
온몸에 선명한 상처
밤새 이별에 헝클어진 머리를
한증막에서 이 악물고 견딘다
샤워기 밑에서 눈물 흘린다
양치질하다가 구역질하는 자도 있다
축 늘어진 성기를 드러내고
발톱을 깎는 외로움
수건 한 장 걸치고 잠이 들리라
햇볕이 들지 않는 수면실에서
부활을 믿는 파라오처럼
새벽 다섯 시 목욕탕에선
어떤 절망도 어렵지 않다

거북이

눈을 뜨면 바다가 아니었다
메마른 입술로 아침이 오고
문지방을 넘는 파도소리만 반짝였다
소금 한 줌 뿌리고
궤짝에 실려 강을 건너는 출근길
불황에 반쯤 말려진 사람들은
태풍이 북상한다고 수군거리고
거대한 냉동창고에서
어깨를 갈퀴에 찔린 채 야근하는 내게
오늘은 아무도 전화하지 않았다
눈을 뜨면 바다가 아니었다
쓰린 속을 긁으며 검은 팩스가 들어오고
모래가 줄줄 쌓이는 창가에 서면
밤거리에 암초처럼 떠 있는 저 거북이
바람의 방향이 바뀌는
산란기가 다가오고 있었다

필리핀 랭킹 3위

수비도 없이
내가 너무 덤비기만 한다고
걱정할 건 없어
다 믿는 구석이 있으니까
싸울 수 있을 때 싸우지 못하면
후회만 남아
사방엔 싸울 상대로 가득하고
가만히 있어도
시비를 거는 놈들도 많아
내가 왜 참아야 하지
이마를 맞대고 난타전을 펼치는 건
내 상품가치야
다리가 풀릴 때까지
멈추지 않을 거야
판정은 상관없어

다음 시합에도

텃세가 심한 이 한국 땅에선

난 다시 필리핀 랭킹 3위로 소개될 테니까

컴백

다시 링에 오른다
이른 은퇴는 실수였다
현역으론 환갑이라며 말리던 친구들이
모두 적이었다
가만히 있어도
시간은 내 배에 소나기 펀치를 퍼붓고
링 밖은 온통 텃세였다
누군가 여덟까지 세는 것 같아
벌떡 일어나는 밤
두 주먹을 턱 위로 올리며 난 중얼거렸다
괜찮아요 할 수 있어요
코너에 몰려 그로기가 되더라도
일대일로 싸우고 싶다
사이드 스텝을 교묘하게 밟는 적에게
턱이 돌아가도록
롱 훅 한 번 날리고 싶다

걱정 마

난 맷집이 재산이야

이사

평촌에서 천막을 거두고
소 떼를 몰아 일산으로 간다
오래된 가뭄에 바싹 마른 서울은
곳곳에서 들불이 번지고
자유로와 통일로는 연기로 덮여 있다
앞으로도 오랫동안 비는 오지 않을 것이다
뿌리가 깊지 못한 풀들은
모두 말라죽을 것이다
행주산성에서 샘물을 마시며
잠시 쉬다가
맨발로 뛰노는 아이와 송아지를 본다
아직은 좀 더 버틸 수 있다
오늘도 암컷들은 새끼를 배고
천지를 바꾸는 모래바람 속으로
비구름 냄새가 난다

일산에서 보내는 편지

아침이면 줄지어 목초지로 떠나는 자동차들이 보인다. 콧김을 내뿜으며 함부로 내딛는 트럭과 비틀거리는 버스가 정겹다. 가뭄은 앞으로도 몇 년 더 계속된다고 한다. 그때까지 제 양들을 다 잡아먹지 말아야 할 텐데. 다같이 가난하다는 것도 행복이다. 서로 도울 수 없다는 것을 안다. 이젠 억지로 부족들의 모임에 참가하지 않아도 괜찮은 것이다. 오늘은 아이가 기마술을 배우러 가는 날이다. 저 아이는 자라서 한곳에 머물지 않는 유목민이 되기를 희망한다. 아버지가 전쟁을 추억하듯 훗날 아들에게 이 가뭄을 자랑스럽게 이야기할 수 있을까. 그래도 내 시들은 풀을 먹고 몇 마리 배가 불러 있다.

떠날 때 1

목초가 말라죽은
저문 들판을 바라본다
이제 돌봐야 할 가축은 없다
말 한 필로 남은 내게
불지른 천막은 짐일 뿐이다
수통에 물을 채우는 것으로
떠날 채비는 끝났다 더 이상
기다리지 않는다 내게
찾아올 반가운 소식은 없다
나는 떠난다 초승달 아래로
새로운 소 떼를 찾아 하늘의 지붕을 넘고
빙하가 녹은 강을 건너면
다신 돌아오지 않을 것이다
말 등에서 사는 족속에게
이별은 사소한 것

소중한 건
고삐를 잡는 힘이다 나는
언제라도 출발할 수 있다

떠날 때 2

누군가 날 아프리카 누우 떼에게 보냈다
언제나 부족한 풀밭을 주고
때가 되면 등 떠미는 가뭄을 주었다
사자를 따돌리는 주력과
우두머리도 두 뿔로 치받는 투지를 주었다
그래서 나는 안다
지금 사는 이곳이 임시라는 걸
식솔들 거느리고 가야 할
험한 길이 따로 있다는 걸
맹수들이 숨어 있는 지금까지가
차라리 평화로왔다
이제 가자
발굽이 온 천지를 먼지로 뒤덮어 버리는 평원으로
맘 편히 마실 물 한 모금 풀 한 포기 없고
키보다 깊은 급류가 기다리는 곳으로
힘이 다하면 떠내려가

허리 두 동강 나는 악어밥이 된다 해도
새끼를 만드는 새로운 풀밭은 언제나
저 위험 뒤에 있는 것이다

토끼가 죽었다

토끼가 죽었다
식구들이 일하러 나가는 아침
골방에서 옆으로 누운
토끼는 이미 단단하게 굳어 있었다
밥상머리 앞에서
아이가 울었다
귀에서 불개미들이 나왔다고 한다
토끼는 원래 잘 죽어
나중에 거북이 사 줄게
9시를 향해 모두 나가고
종일 집에 있는 주제에
토끼 하나 제대로 돌보지 못한 나는
검은 비닐 봉지에
시신을 담는다
이제 꽃삽을 들고 사람들의 눈을 피해
아파트 뒤편에 구멍을 팔 것이다
사과 껍질과 상추만 먹고

움직이는 모든 것을 무서워한 토끼는
허리가 구겨진 채 묻힐 것이다
거추장스러운 뒷다리를 보며 나는 생각한다
온순한 것은
불편하게 살다가
스스로 죽는다

낚시

빈집에 돌아와
아버지의 낚싯대를 손질한다
아직도 뒤란을 파면
다 삭이지 못한 옛일들이 두엄져 있고
호미 날에 걸려 꿈틀거리는
검붉은 지렁이
오늘은 꼭 쏘가리를 잡겠다
매일 소용돌이에 걸리고
불쑥불쑥 폭포가 발을 막은 요즘
호랑이 무늬에 황금색 비늘을 반짝이는
쏘가리를 잡아야겠다
깊은 소에 살며
물살을 거슬러 오르는 육식 물고기
밤마다 식은땀이 흥건한 내 잠자리로 헤엄쳐 오는
쏘가리 심장을 찌르는 가시 달린 물고기

눈을 막는 절벽 앞에서
낡은 세 칸 반 낚싯대로
오늘은 꼭 쏘가리를 잡겠다

해설

전윤호 시집에 부쳐

고은(시인)

시인이란 고향을 떠난 자인가. 고향으로 돌아가는 자인가.

정선 아라리는 민중 밑바닥의 민요이면서 조선 5백년의 유교 이념이 거의 미치지 않은 노래이다. 그것은 고려 유신들의 마지막 지조와 관련되기 이전부터 있어온 것임에도 조선보다 고려에의 감흥을 더없이 내보이기도 한다. 그만큼 어디에 구애되지 않고 적나라하고 정직하다.

말하자면 그 아라리는 공자가 시경을 엮을 때 숱하게 내버리고 만 그 애석한 작품의 일부분처럼 근세 5백 년의 시가 규범이나 노래가락의 도덕주의로부터 첩첩산중의 자유를 이어 온 것이다.

도락없는 곳의 노래야말로 진정한 노래가 아니던가.

이런 아라리의 세상에 가서 급경사의 어느 비탈을 뒤흔드는 아라리를 들을 때의 나는 새로운 내가 될 수 있었다. 그런 아라리 언저리에서 시인 전윤호와의 인연이 있게 되었다.

벌써 10년 이상의 세월 저쪽에서 몸집 큰 그가 터벅터벅 걸어오고 있다. 도량이 괜히 크고 세속적이지 못하고 또 그 일상적인 시선 뒤에는 예리한 풍자도 듬뿍 들어 있어서 어떤 사람의 단면도 숨지 못하고 드러나는 것이다. 또한 그는 사물을 희화화하는 결점이 있어서 그것이 그의 존재 이유를 오해하게 만들기도 한다.

나는 이따금 그와 정선에 가기도 하고 그곳의 여러 사람과 함께 있다가 돌아오기도 한다. 이번에 그의 시집이 나온다기에 시집 교정쇄를 통해서 그의 시 세계를 새삼 들여다 볼 수 있었다. 아무리 내 바쁜 일과 중에도 정선에 대한 내 정서적 의무가 있기 때문이다. 그러나 너무 미루어 왔다.

시인은 고향 정선에 대한 강한 애착으로 일관한다. 어떤 때는 너무 많이 겉으로 표방되기도 하고 어떤 때는 삶의 밑바닥에 깔아두기도 한다. 하지만 그 애착 속에는 산천과 강들의 '마지막 자연'인 정선마저 망가뜨려지고 있는 아픔도 여간 아니다. 폐광의 적막과 카지노 사태는 다 같이 그곳의 현실이다.

시인에게 고향이란 무엇인가. 그것은 저 고려 말의 여러 시인들에 의해서 기억 속의 고향과 낯선 현실로서의 고향 사이에서 헤어나지 못하는 모순을 보아온 물음이기도 하다. 시인 전윤호에게도 그런 고향에의 갈등이 아주 많다. 그리고 그 갈등이 깊을수록 애착 또한 더 짙어진다.

실제로 이번 시편들 속에는 정선 일대를 노래한 작품들이 주의를 끌 만큼 배열되어 있다.

"내 고향은 도원읍 무릉리"라는 말로 시작해서 "내 고향은 도원읍 무릉리/ 아무나 가는 곳이 아니야"(「하류에서」)라고 끝마치며 그의 고향 정경(情景)을 성역화하기까지 한다.

그러나 그가 고향을 향할 때는 이미 그곳을 떠난 자의 지친 삶과 만연되고 있는 도시 일상의 불순, 그리고 비리 투성이의 세태에 상처받은 상태를 어찌할 수 없을 때인지 모른다. 그뿐 아니라 그에게는 고향과 결코 떨어져 살 수 없는 체질이라 하더라도 현재 인간의 심상 속에 깃들어 있는 고향 상실의 내면도 그에 못지 않게 자리잡고 있다.

도원읍에 돌아가 봄 강변에 앉고 싶어
등짝을 후려치는 바람이 불고
얼어죽은 겨울이 부서져 떠내려갈 때
검은 벼랑 마주보고
청삽사리처럼 짖고 싶어
서운산에 구름이 걸려
선혈이 낭자한 저녁
얼굴을 가린 슬픔이 깃발을 들고 달려오면
소주를 병째 마시고
아라리 한 곡조 띄우고 싶어

그대 떠난 자리가 아무리 깊어도
바닥까지 환히 들여다보이는
도원읍에 들어가 봄 강변에 앉고 싶어

-「사랑을 잃은 후」 전문

정선의 무릉도원이 반드시 시인의 고향이 아니더라도 그 일대는 누구든 그냥 지나칠 수 없는 동양 전래의 신선 거처인 무릉도원의 이름에 걸맞게 그윽한 절경인 것이다. 한 번 들어가면 나올 길을 잊어버릴지 모르는 그런 오지 안에 천년의 산과 냇가로 모듬살이가 있는 것이다. 그래서 「도원 사람들」, 「도원역」, 「도원읍」, 「도원 가는 길」, 「내 마음의 종류굴」, 「귀향」, 「낚시」, 「절터」 등의 고향 노래들이 줄을 선다.

아니 그는 한강 하류 서울 근교의 한 신도시에서 살아도 걸핏하면 고향에의 환상을 불러 일으키며 기억 속의 고향에 속한다. 이 같은 사실을 두고 나는 전윤호만큼 '고향의 유복자'로서의 시인을 찾아보기 어렵게 된다.

폭설이 내린 밤
한강 하류에서
주린 꿩처럼 쓰러져 잠들 때
난 듣는다
쾅쾅 도끼질하는 소리

산비둘기 푸드득 날아오르고
떡갈나무 상수리나무 느릅나무
우수수 쓰러지는 소리
칡뿌리로 떼를 엮으며
아라리 부르는 소리

-「뗏목」 부분

이렇게 고향의 여러 사상(事象)들로 육화된 시인에게는 현실의 여러 단면에도 그리운 고향을 불러 들여야 하는 것이다. 한강의 발원지를 지나서 고향 강물은 끝내 서울 송파나루, 성수대교, 행주산성 앞으로 떠내려 오는 지난 시대 정선 뗏목으로 그는 고향과 연결되고 있다.

그래서 시인은 아직까지도 고향이라는 탯줄을 끊지 않은 상태의 갓난 아기인지 모른다. 바로 이런 사실이 그로 하여금 시인의 원초적인 힘을 가지게 하는 것이다.

그의 고향은 "볼 일을 다 챙기기엔/ 낮이 아직 짧군요/ 대충대충 마시고/ 황기술 한잔 합시다/ 지게 작대기 장단에 맞춰/ 아라리 한 곡조 뽑으면/ 구름은 뺑대에 걸려 있고/ 바람은 강변을 굼실굼실 기어다"(「도원 사람들」)니는 곳이다.

그의 저돌적인 서술 속에는 실로 희귀한 표현들도 빛나고 있다. "내일의 눈썹을 적시는/ 봄비 한 번 실하게 오면/ 천지는 온통 불지른 철쭉 밭"인 고향이기도 하다. 그런가 하면

한 시대 석탄 광산으로 성황이던 곳이 지금은 적막하게 버려진 곳이기도 하다. 그러나 그곳은 '남에게 신세 지지 않는 사람들이 지들끼리 살아가는 곳'으로서 어느 곳과도 늘상 열려있는 곳이 될 수 없는 것이다.

이런 고향을 그는 어떤 넋두리도 사절하며 돌을 던지듯이 말을 던지고 몸을 던지듯이 넋을 던져 노래하고 있다.

관 속에 누웠다 깬 밤이면
돌아가고 싶다
뒤통수나 잘 치는
강 하류배들과 싸우다 지친 귓전에
젖은 디젤기관차 소리
밤 두 시 별어곡 역에 내려
민둥산을 올라가리라

- 「도원읍」 부분

"초등학교 단짝이/ 첫사랑과 사는 곳"인 그 고향에 이렇듯이 시인의 마음은 자주 가고 있는 것이다. 이 같은 귀향 의식이 이윽고 하나의 고향 형이상학의 절창을 낳게 된다.

시인은 시인의 고향에 하나의 사원(寺院)을 세우기에 이른다. 어쩌면 이 시집 속에서 가장 황홀한 작품의 하나일지 모른다.

이제까지의 고향시 '도원' 시리즈에는 도원 사람, 별어곡역 등의 실지(實地)를 소재로 삼았으나 여기에서는 허구로서의 도원이 있게 된다. 바로 이 허구의 영역이 있어서 누구에게나 가지고 있는 고향과는 또다른 시인의 고향이기도 한 것이다. 시 제목도 「도원사桃源寺」가 된다.

황룡사 구층탑이
미륵사지 탑과 포개져
천 개쯤 서 있는 곳
주민 전체가 주지이고
주민 모두가 불목하니인 곳
대웅전도 없고
부처도 없지만
보이는 벼랑마다 화엄경이 적혀 있고
샘에서 묘법연화경이 솟는 곳
천 년 묵은 소나무 당간 아래
일주문에 이렇게 써 있다
이곳은 절이 아닙니다
종교인의 출입을 금합니다

- 「도원사桃源寺」 전문

이 얼마나 처절한 천 년 예찬인가. 전윤호의 시 세계는 그러나 이상에서 언급한 고향의 천지 안에서 갇히지 않는다.

그에게는 고향에의 애착과 다른 쪽에서 현대 인간의 유목민적 비가를 추구하는 것이다. 그의 고향이나 고향에서의 삶이 아닌 도시 감각에의 '뗏목', '화전민', '표고버섯' 그 밖의 소도구들을 자주 등장시키는 고향 이미지를 장악하고 있다 하더라도 불가불 그의 행설은 그의 무대로써 때는 현대이고 곳은 서울이라는 신도시인 것이다.

그것은 직장과 아파트 사이에서 헤어날 수 없는 존재로써 관(棺)으로 묘사되는 주거를 한 번도 뛰쳐나가지 못하는 생존의 수호자인 것이다. 비록 시 속에서 이런 현실을 모면하고 고향으로의 회상을 강화하더라도 시의 기만으로서의 현실은 그것대로 치열하지 않을 수 없다.

그래서 현대인을 현대의 유목민이라고 규정한 명제와는 들어맞는 위축론이 전윤호 시인이 살고 있는 현대 인간론이고 현대인으로서의 임상 보고서이기도 하다.

이따금 이런 도시의 질곡 속에 고향의 기억들이 스며들지 않는 바 아니지만 그의 도시 생활의 수기로서의 깨달음은 거의 무조건적이며 단호하며 때로는 공격적이다. 이미 거기에는 고향이라는 유예 공간이 없는지도 모른다.

도시의 이른 아침 대중 사우나 속 벌거숭이 군상을 절망적으로 그려내는 자기 인식이란 그것대로 차라리 우렁찬 것이다.

실지로 그에겐 도시에서의 '이사'도 천막을 걷어서 소 떼(가족)와 가재도구를 몰고 가는 유목민의 이동인 것이며, 가는 도중 샘물을 마시는 것도 영락없는 유목민의 휴식과 다른 것이 아니다.

그리하여 "맨발로 뛰노는 아이와 송아지를 본다/ 아직은 좀 더 버틸 수 있다/ 오늘도 암컷들은 새끼를 배고/ 천지를 바꾸는 모래바람 속으로/ 비구름 냄새가 난다"(「이사」)라는 유목지대인 초원과 사막이 된다.

일상적인 도시는 시인에게 유목민의 일시적 거처이다. 또한 시인이 도시를 초원이니 사막 언저리로 환치함으로써 현실을 다른 현실로 변화시키는 능력을 가진 자이게 하고 있다.

그래서 전윤호의 도시는 유목민의 공간이면서 개발 도시가 빚어내는 황량한 비인간화와 연결되는 현실감도 획득한다.

그런 도시에서 그는 "둘이 꼭 부둥켜 안고 오석으로 얼어붙자"(「겨울까마귀 블루스」)라고 오열하고 있다. 어디 그뿐인가.

말 등에서 사는 족속에게
이별은 사소한 것
소중한 건
고삐를 잡는 힘이다 나는
언제라도 출발할 수 있다

-「떠날 때 1」 부분

이렇게 유목민의 절망과 희망을 삶의 내용으로 삼고 있는 시인을 내가 무엇이라고 명명하겠는가.

일련의 이 유목민 언어가 아니더라도 그에게는 역겹고 고단하고 무의미하며 세태의 타락으로 넘치는 도시를 떠날 준비가 되어 있는 이동 전문가이기도 하다. 그래서 '이 도시에 숨겨진 항구가 있다는 얘기를' 듣기도 하고 실제 시 속의 화자는 용머리 해적선이 흔들리는 것도 보이는 것이다.

요컨대 시인은 무섭게 비대해지는 도시 문명에 절망적이고 그것을 이겨 내려는 단련 속에는 일정한 저주(詛呪)의 제례도 염원하고 있는 것 같다.

시집은 고향 시리즈와 신도시 시리즈 그리고 연작시 도굴범 시리즈의 특이한 시적 장치 때문에 도리어 자유분방한 인간 실존의 허리 단면에 칼 끝을 들이대는 시적 가능성이 열려 있다.

그로서의 일체의 여성적 수식을 배제한 표현이나 튀어나오는 구어체의 실감이나 역작 「프랑스 혁명사를 읽다가」에 이르러 그가 사학도였다는 사실을 환기시키는 역사 의식들은 전윤호 시의 질감에 기여한다. 앞으로 그의 시가 덜 거칠기를 바라는 반면에 더 부드러워질 것을 결코 바라지 않는다.

정진 있을지어다.

순수의 시대

1판 1쇄 인쇄 2017년 9월 18일
1판 1쇄 발행 2017년 9월 30일

지은이 전윤호
발행인 윤미소
발행처 (주)달아실출판사

책임편집 박제영
디자인 이화연
마케팅 배상휘

주소 강원도 춘천시 서부대성로 48번길 12, 2층
전화 033-241-7661
팩스 033-241-7662
이메일 dalasilmoongo@naver.com
출판등록 2016년 12월 30일 제494호

ISBN 979-11-960231-6-4 03810

* 이 도서의 국립중앙도서관 출판예정도서목록(CIP)은 서지정보유통지원시스템 홈페이지(http://seoji.nl.go.kr)와 국가자료공동목록시스템(http://www.nl.go.kr/kolisnet)에서 이용하실 수 있습니다. (CIP제어번호: CIP2017022841)
* 잘못된 책은 구입한 곳에서 바꿔드립니다.
* 책값은 뒤표지에 표시되어 있습니다.